GUÍA DE LECTURA

Escrita por Daphné Troniseck
Traducida por Laura Soler Pinson

¿Quién quiere ser millonario?

de Vikas Swarup

ResumenExpress.com

Entiende fácilmente la literatura con

ResumenExpress.com

www.resumenexpress.com

VIKAS SWARUP

- **Nacido en 1961 o 1963 en Allahabad (India)**
- **Algunas de sus obras:**
  - *¿Quién quiere ser millonario?* (2005), novela
  - *Seis sospechosos* (2008), novela
  - *Aprendiz por casualidad* (2014), novela

Vikas Swarup, nacido a principios de los años 1960, crece en una familia de abogados antes de iniciar una carrera de diplomático. En este contexto, suele ser destinado a Turquía, a Estados Unidos, a Gran Bretaña y a Sudáfrica. A partir de 2013, trabaja en el Ministerio de Asuntos Exteriores de Nueva Delhi, donde vive con su mujer, pintora, y sus dos hijos.

Swarup, autor de tres novelas, despliega en ellas su imaginación y su creatividad. Todos sus libros son superventas que han recibido muchos premios, han sido traducidos a decenas de idiomas y a menudo se han llevado a la gran pantalla. Este gran éxito se explica sobre todo por la fascinación que ejerce la cultura india sobre el resto del mundo.

¿QUIÉN QUIERE SER MILLONARIO?

UNA REPRESENTACIÓN ÁCIDA Y COLORIDA DE LA INDIA MODERNA

- **Género:** novela
- **Edición de referencia:** Swarup, Vikas. 2006. *¿Quién quiere ser millonario?* Traducido por Damián Alou. Barcelona: Anagrama
- **Primera edición:** 2005
- **Temáticas:** India moderna, amor, programa de concursos, suerte

Publicada en 2005 con el título *Q & A* (por «Questions & Answers») en su versión original, *¿Quién quiere ser millonario?* es la primera novela de Vikas Swarup. Cuenta el destino de Rama Mahoma Thomas, un joven criado inculto de 18 años que gana un concurso de televisión sobre cultura general y se embolsa la cantidad desorbitada de mil millones de rupias. Dado que se sospecha que ha hecho trampas, se ve obligado a dar explicaciones para demostrar su inocencia.

Esta novela, traducida a 43 idiomas, en seguida se convierte en un superventas y recibe varias recompensas literarias, entre ellas el Exclusive Books Boeke Prize de Sudáfrica en 2006 y el premio Grand Public del Salón del Libro de París en 2007. Al año siguiente, el director británico Danny Boyle lleva su historia a la gran pantalla con el título *Slumdog Millionaire*, una película aclamada con una multitud de premios y, entre ellos, ocho óscares, como el de mejor película y mejor director.

RESUMEN

UN CRIADO INCULTO QUE SE CONVIERTE EN MILLONARIO

En la versión india de *¿Quién quiere ser millonario?* (concurso de televisión que consiste en responder preguntas de cultura general), aparece un nuevo concepto que en lo sucesivo promete mil millones de rupias a quien responda correctamente las preguntas planteadas. El primer candidato, Rama Mahoma Thomas, es un criado modesto de 18 años que lucha por sobrevivir en una India moderna, con contrastes sociales y marcada por la violencia. No tiene el perfil ideal para ganar ese juego y, sin embargo, no comete ningún fallo y se lleva el premio gordo.

Pero los productores del concurso no han previsto que alguien gane tan rápidamente; todavía les hacen falta ocho meses para pagar la deuda de producción del programa. Además, están convencidos de que Rama ha hecho trampas. Estas sospechas provocan que el joven sufra torturas en secreto a manos de la policía para obligarlo a confesar y a firmar una declaración de renuncia al dinero. Entonces, aparece una abogada, Smita Shah, a la que Rama no conoce, pero que se ha ofrecido a defenderlo, y lo saca de ese duro interrogatorio. Cuando esta le pregunta cómo ha logrado ganar, él responde: «Bueno, ¿no fue una suerte que sólo me hicieran las preguntas cuya respuesta conocía?» (Swarup 2006). Entonces, empieza una larga confesión, una inmersión en el pasado de Rama, durante la que evoca las razones por las que conocía las respuestas a las preguntas que se le hacían. Cada pregunta, orientada hacia la cultura general relacionada con India (su historia, sus códigos, su cultura, etc.), hace referencia a un capítulo de su vida.

LA DECEPCIÓN EN MUMBAI

Tras la muerte del sacerdote en cuya casa vivía después de que lo hubiesen abandonado cuando todavía eran un bebé, Rama, de 8 años, es enviado a un centro correccional en vez de a uno de adopción, ya que tiene demasiada edad como para que lo adopten. El centro, situado en Delhi, es «una casa que se cae a pedazos, donde te ves obligado a vivir en un dormitorio comunitario abarrotado con decenas de chavales» (Swarup 2006). Allí, los niños pasan hambre, ya que el cocinero vende a los restaurantes la carne destinada a ellos. Rama, que ha contraído la ictericia, es puesto en cuarentena, solo, en una habitación. En seguida se une a él un nuevo interno. Se trata de Salim, un joven musulmán que ha aterrizado en la institución después de ver cómo los hindúes quemaban viva a su familia. Los dos chicos se convierten en mejores amigos.

Un día, Babu Pillai, un conocido estafador, hace que Rama y Salim entren en su escuela de Mumbai, lo que les permite abandonar el internado. Son aislados mientras se forman en los cantos sagrados hindúes y apenas frecuentan a los otros niños, que están todos impedidos. Pero Rama se da cuenta de que los alumnos deben mendigar y que han sido mutilados para inspirar piedad a los transeúntes. Entonces, escucha una conversación sobre los dos: «A partir de la semana que viene los pondremos en los suburbanos. Y esta noche los prepararemos. Después de cenar» (Swarup 2006). Ram y Salim, que entienden que les ha llegado su turno de que los mutilen, logran escapar por poco.

Los dos chicos necesitan trabajar y, oportunamente, recuerdan que uno de los pequeños internos de Babu Pillai iba a menudo a casa de Neelima Kumari, una gran actriz trágica jubilada, que se había apiadado de él y que buscaba un criado. Rama acude a ella y obtiene el puesto. Entonces, puede instalarse con Salim en un *chawl*, «pensiones [insalubres], viviendas de una sola habitación ocupadas por las clases medias bajas» (Swarup 2006). Pero tras el suicidio de la actriz, que probablemente se produce después de su decepción con un amante violento que la mutilaba, Rama se ve obligado a trabajar en una fundición.

Un día, Salim y Rama ven llegar a nuevos vecinos. Shantaram es un científico conocido que estudia las estrellas y que se ha sumido en el alcoholismo desde que uno de sus compañeros astrónomos se ha adjudicado su descubrimiento. Tras haberse gastado todos sus ahorros, incapaz de mantener durante mucho tiempo un trabajo a causa de su alcoholismo, se ha visto obligado a mudarse a un *chawl* con su familia. Shantaram es un hombre violento que pega a su mujer y a su hija Gudiya. Rama apoya a esta última dándole la mano por un agujero que existe entre sus dos viviendas. Los muros no son muy gruesos y, un día, Rama escucha que Shantaram simula que quiere violar a su hija. Cuando lo ve volver tambaleándose al día siguiente, Rama lo embiste y la barandilla inestable cede bajo el peso de Shantaram, que cae unos pisos más abajo. Rama huye, convencido de que lo ha matado.

LA HUIDA A AGRA

Rama llega a Agra y se convierte en guía turístico en el Taj Mahal. Tras una de sus visitas, unos estudiantes indios muy ricos lo llevan al barrio rojo, donde conoce a Nita, una prostituta de la que se enamora perdidamente. Este amor es correspondido, pero el proxeneta de Nita, que también es el hermano de la joven, le pide una fortuna para comprar su libertad.

Tras la muerte de su amigo Shankar, un joven que ha conocido en Agra al que le ha mordido un perro rabioso, Rama se entera de que Nita ha sido hospitalizada. Un hombre la ha mutilado, pegado y quemado con un cigarro. Rama en seguida reconoce —tanto físicamente como por su *modus operandi*— al hombre que destruyó emocionalmente a Neelima Kumari infligiéndole los mismos castigos: se trata del presentador Prem Kumar. Rama, que desea salvar a toda costa a Nita, roba a la madre de Shankar —una rica princesa— el dinero necesario para comprar su libertad. Cuando llega al hospital, deja caer los billetes al suelo y un hombre que asiste a la escena lo interpela: su hijo tiene la rabia y está a punto de morir. Le pide que le dé dinero para poder comprar la vacuna que lo salvaría. Rama no lo escucha y entra en la habitación de Nita.

Pero el hermano de esta le pide más dinero de lo previsto: afirma que Nita se encuentra en ese estado por su culpa y también tiene que pagar los gastos de hospitalización. Decepcionado, Rama da el dinero al padre del pequeño agonizante, que le recuerda a Shankar. En ese momento, ve en una revista un anuncio que propone la inscripción al concurso de televisión *¿Quién ganará mil millones?*, con una foto del presentador estrella Prem Kumar. Ha tomado su decisión. Vuelve a Mumbai.

¿QUIÉN GANARÁ MIL MILLONES?

Durante la pausa publicitaria que precede la última pregunta del concurso, Rama acompaña al presentador, Prem Kumar, al baño. Y es que lo ha reconocido: se trata del agresor de Neelima Kumari y de Nita. Rama lo amenaza con una pistola, pero no es un asesino y no logra apretar el gatillo: «A pesar de todo, soy incapaz de echarle la culpa de todas mis desgracias al hombre que tengo delante. No hay en mí cólera suficiente para justificar su muerte. Y comprendo que, por mucho que lo intente, no soy capaz de matar a sangre fría, ni siquiera a una sabandija como Prem Kumar» (Swarup 2006).

A cambio de su misericordia, Prem Kumar le da una pista sobre la respuesta a la última pregunta. Cuando vuelven al plató, Rama sigue el juego utilizando primero su último «Comodín» (ayuda a la que tienen derecho los candidatos) y decide a cara o cruz con su rupia de la suerte la respuesta a la pregunta, que resulta ser la correcta.

Al final de estas confidencias, la abogada Smita desvela a Rama su verdadera identidad: no es otra que Gudiya, la hija de Shantaram, al que pensaba haber matado. Este simplemente se rompió una pierna y nunca jamás volvió a importunar a su hija tras este episodio. Gudiya ha hecho todo lo posible para encontrar a Rama y darle las gracias. Lo salva, al igual que él la salvó a ella años antes.

ESTUDIO DE LOS PERSONAJES

RAMA MAHOMA THOMAS

Rama, el único vencedor y el más joven del nuevo concurso de televisión *¿Quién ganará mil millones?*, es un criado inculto de 18 años. Este huérfano fue abandonado en la noche de Navidad delante de la iglesia St. Mary de Delhi. Lo recoge el padre Timothy tras haber sido abandonado por segunda vez por una pareja que lo había adoptado y vivirá una infancia feliz hasta la muerte de este eclesiástico.

Unos hombres del Comité de Todas las Religiones llegan para garantizar que el padre Timothy ha adoptado realmente a un pequeño huérfano y, para evitar un disturbio y el saqueo de su iglesia —dado que las tensiones son fuertes entre las distintas comunidades religiosas—, estos delegados le proponen darle otro nombre al niño, a quien el padre Timothy había bautizado como Joseph Michael Thomas, un nombre demasiado cristiano que no refleja la diversidad de India. Para no enfadar a ninguna comunidad religiosa, sus nuevos nombres son Rama (nombre hindú) Mahoma (nombre musulmán) Thomas (nombre cristiano que conserva de la primera pareja que lo ha adoptado). Por suerte, el representante sij no estaba presente ese día.

A pesar de las muchas pruebas que atraviesa, Rama siempre demuestra una gran generosidad hacia los más débiles. Cuando se gana más o menos bien la vida en Agra organizando visitas del Taj Mahal, presta constantemente dinero a sus amigos, incluso sabiendo que nunca se lo devolverán. Igualmente, cuando gana 50 000 rupias tras haber trabajado para una rica familia de Delhi, lo primero que le viene a la mente es compartirlo con Salim al volver a Mumbai. Un último ejemplo: tras haber robado dinero para comprar la libertad de Nita y ante la negativa del hermano de esta última, Rama ofrece la suma a un hombre cuyo hijo va a morir de rabia si no consigue la vacuna que lo salvará.

Rama también es un joven muy curioso, incluso demasiado. Pero este defecto le permite en especial salvar a Salim de las garras de Gupta, el director adjunto del correccional que se preparaba para abusar sexualmente de él. También es la curiosidad la que lo lleva a escuchar a través de las paredes que separan las habitaciones del *chawl* y así es como se entera de que Shantaram agrede a su mujer y a su hija Gudiya. Entonces, Rama aporta un apoyo fraternal a la joven.

Rama nunca se ha visto seducido por el dinero. Se da cuenta de que la riqueza está lejos de darle la felicidad. Su único deseo es poder alimentarse y pagar su alojamiento. ¿Qué más podría querer él, el huérfano estúpido? Así pues, no se inscribe en *¿Quién ganará mil millones?* en busca de dinero, sino por un deseo de venganza. Ha reconocido a Prem Kumar, el presentador del programa, como el agresor de Nita, pero también de Neelima Kumari. Decide concursar para matarlo, mientras que la suerte le permite responder correctamente a todas las preguntas del juego.

En el epílogo, descubrimos que la generosidad siempre guía sus acciones: libera a los niños mendigos que se encuentran bajo el yugo de los socios de Babu Pillai, se hace pasar por un productor financiando la película para la que Salim obtiene el papel protagonista, para que este pueda hacer realidad su sueño de convertirse en actor, y compra la liberta de Nita, con la que se casa.

Al final, todas las pruebas que ha vivido el joven protagonista no han sido en vano: le han permitido encontrar el amor, conservar a sus amigos y ganar suficiente dinero para hacer el bien a su alrededor. Como premio a su bondad, todos los elementos encajan para que, por fin, tenga una existencia feliz. Cuando le preguntan que por qué tira su moneda de la suerte al océano, responde: «Porque creo que ya no volveré a necesitarla» (Swarup 2006). Estas últimas palabras de Rama ponen punto final a esta historia donde el bien y el mal que hacemos repercuten en toda la vida de cada individuo.

NITA

Nita es una prostituta que vive en Agra. Rama la conoce cuando trabaja como guía turístico en el Taj Mahal y un grupo de estudiantes lo invitan al barrio rojo. Nita, que primero lo considera un cliente como los demás, no deja que se le acerque, pero, poco a poco, su relación se fortalece y caen perdidamente enamorados el uno del otro.

Sin embargo, Nita no es libre, pertenece a su proxeneta, que no es otro que su hermano. No es ella la que ha elegido ejercer el oficio de prostituta, sino que su familia la ha obligado: en algunas regiones de India, las jóvenes de una misma familia son criadas con ese objetivo. De hecho, esa es la razón por la que no le gusta que le digan que es bonita. Y es que su familia opta por ella antes que por su hermana para convertirse en prostituta a causa de su belleza. El precio de su libertad se eleva a 400 000 rupias, una suma que Rama no podrá reunir hasta después de haber ganado el concurso de televisión.

GUDIYA SHANTARAM/SMITA SHAH

Smita es la abogada que saca a Rama de un violento interrogatorio tras su triunfo en el concurso televisado. Si quiere que ella lo ayude, primero tiene que contar su historia.

Al final del relato, Smita desvela su verdadera identidad. Se llama Gudiya, es la joven a la que Rama apoyaba cuando su padre borracho la agredía. Ella le informa de que no mata a su padre cuando lo tira por el hueco de las escaleras y de que este último sale con una pierna rota. Desde entonces, no ha vuelto a pegarle.

Gudiya estaba determinada a encontrar a Rama para devolverle el favor. Ha hecho estudios brillantes y se ha convertido en una abogada, mientras intenta averiguar su paradero. Un día, se encuentra por casualidad con su expediente y corre a ayudarlo. Gracias a ella, Rama recibe la suma de mil millones de rupias y está a salvo de la pobreza para el resto de sus días. Los une una profunda amistad que se originó en su infancia.

SALIM ILYASI

Salim, un joven inocente y muy ingenuo, es el mejor amigo de Rama. Es huérfano desde los 7 años, cuando vio morir a su familia, quemada viva por unos hindúes a causa de sus creencias musulmanas. Conoce a Rama en el centro correccional adonde es enviado tras este drama. Los une una amistad profunda: se fugan juntos de casa de Babu Pillai, justo antes de sufrir unas mutilaciones que los habrían condenado a la mendicidad.

Salim es un niño despierto e inteligente. Canta muy bien y aprende rápidamente los cantos sagrados durante su formación en casa de Babu Pillai. Se convierte en un hombre espabilado que aprovecha todas las oportunidades que podrían llevarlo a cumplir su sueño: convertirse en actor. En efecto, es un apasionado del cine bollywoodiano. Junto con Rama, recorren todas las salas oscuras para ver las películas de este género.

Una vez que Rama se vuelve millonario, hace realidad el sueño de su mejor amigo, ofreciéndole el papel protagonista de una película que financia, sin desvelarle que ha conseguido esa oportunidad gracias a él.

PREM KUMAR

Prem Kumar es el presentador del programa *¿Quién ganará mil millones?* Es un hombre violento al que le gusta maltratar a las mujeres y que está implicado en asuntos bastante sospechosos. Dado que él es el presentador del concurso de televisión, Rama decide apuntarse para matarlo. Y es que ha reconocido al agresor de Neelima Kumari y de su amada Nita.

Prem Kumar es un personaje odioso. En varias ocasiones, intenta inducir Rama al error o, simplemente, cambia de pregunta sobre la marcha para provocar que pierda el dinero que ya ha ganado. Antes del final del concurso, Rama lo sigue hasta el baño, lo amenaza con un arma y le confiesa que conoce las fechorías que ha cometido. Para que Rama lo deje con vida, Prem le da una pista que le permite responder adecuadamente a la última pregunta. Dos meses más tarde, es encontrado muerto, probablemente asesinado por los estafadores que producen el programa.

SHANKAR

Shankar es la primera persona que Rama conoce en Agra. Él es quien lo lleva al palacio de la princesa Swapna Devi, donde Rama alquila una habitación en el desván, al igual que él. En realidad, Shankar es el hijo ilegítimo de la princesa, al que esta se niega a reconocer. No tiene que trabajar para ella, pero apenas es tolerado y debe arreglárselas para sobrevivir. Shankar es un joven que tiene un don para el dibujo y que cuenta con una gran bondad. Cuando Rama llega a Agra, no tiene un céntimo y no puede alojarse.

Es Shankar quien lo acoge en su habitación mientras encuentra un trabajo.

Habla un lenguaje codificado para que ya no se entienda lo que dice. Y es que durante su infancia sufrió un trauma cuando comprendió quién era su madre. Por la noche, la llama en sueños y solo ahí se expresa con normalidad. Probablemente, su inconsciente bloquea su lenguaje reflexivo como reacción al rechazo de su madre.

A Shankar lo muerde un perro rabioso y Rama, que ha descubierto su secreto en los dibujos que guardaba con celo, pide a la madre de su amigo que le dé el dinero con el que conseguirá la vacuna que podría salvarle la vida. Pero esta se niega y Rama se ocupa hasta el final de Shankar, que muere entre sufrimientos espantosos. Indignado por la indiferencia de la princesa, Rama irrumpe en su palacio durante una cena y deposita el cuerpo sin vida de Shankar encima de la mesa, entre los invitados.

CLAVES DE LECTURA

INDIA, UN PAÍS DE CONTRASTES

India estuvo bajo control colonial británico a partir de la mitad del siglo XVIII y, desde que obtuvo su independencia en 1947, no ha dejado de luchar para conservar su cultura y sus tradiciones. Según las estadísticas, el país es autosuficiente, es decir, puede producirlo todo y vivir en autarquía sin necesidad de importar cualquier mercancía, alimentaria o no. Como segundo país más poblado del mundo (1 200 millones de habitantes) por detrás de China, India toma medidas para evitar la saturación de su territorio: se ha instaurado una política de limitación de los nacimientos y se anima a la contracepción y a la esterilización de su población.

India es el primer país del sur de Asia que, en 1952, impulsó el sufragio universal en sus elecciones, razón por la que considera que es «la mayor democracia del mundo», a pesar del nivel bastante elevado de analfabetismo en su población. India también se presenta como el país de la no violencia; sin embargo, su portavoz, Mahatma Gandhi (dirigente político y guía espiritual, 1869-1948) fue asesinado por hindúes que lo consideraban demasiado abierto a los musulmanes. Siempre ha existido la violencia entre las distintas religiones que deben compartir espacio. Sin embargo, la violencia social y la corrupción, e incluso la explotación de las castas inferiores (o intocables) a manos de las castas superiores, también causan estragos y corrompen aún más el país. Además, tanto los nacionalismos hindúes como los islamistas aumentan su poder, lo que crea muchos conflictos entre dichas comunidades en un país que, prácticamente, tiene el tamaño de un continente y que está conformado por casi tantas culturas como Europa entera.

A pesar de todo, esta diversidad cultural constituye una gran riqueza para el país. Se puede establecer una distinción más clara entre los pueblos del norte, que han conocido la influencia de los occidentales, y los del sur, llamados dravídicos, que forman una familia lingüística aparte. Estas categorías no son fijas y contienen a su vez muchas religiones diferentes (hinduismo, budismo, islam, jainismo, catolicismo, sijismo, etc.), que también han permitido el nacimiento de muchas filosofías. Además de esta diversidad étnica y religiosa, India debe organizarse con un sistema de castas bastante fijo, a pesar de su abolición legal según la Constitución de 1950, un texto que proclamó India como una república laica en la que todos sus habitantes serían iguales.

LAS CASTAS

Las castas se basan en el principio de una jerarquización heredada de las sociedades antiguas del subcontinente indio. Adentran sus raíces en el hinduismo, pero afectan a toda la población india, independientemente de su confesión religiosa. Aunque lo prohíba la Constitución, este sistema sigue estando profundamente arraigado en la sociedad contemporánea y origina muchas injusticias. Existen cuatro castas principales y jerarquizadas: los brahmanas, que agrupan a los sacerdotes y a los profesores; los kshatrías, que son los guerreros; los vaishias, que están conformados por los comerciantes; y los shudrás, que designa a los criados. También hay que añadir una quinta casta, la de los intocables, que engloba a las personas que ejercen los oficios más inadecuados (por ejemplo, los descuartizadores de animales) y que, por lo tanto, son «impuros». Se les considera «intocables» en India y no pueden aspirar a nada.

La endogamia es un principio fundamental de este sistema, e implica que los miembros de una casta pertenecen a ella durante toda su vida y se casan entre ellos. De esta forma, se limitan al máximo las interacciones con los demás estratos sociales. Las castas se asocian a un oficio, aunque no exista una correspondencia absoluta por la aparición de muchos oficios nuevos.

Esta diversidad social y la rigidez del sistema de las castas se utilizan especialmente en la novela, sobre todo con la descripción de Mumbai, antiguamente llamada Bombay. Allí encontramos todas las capas sociales: los ricos ocupan los edificios grandes, símbolo del éxito económico de la ciudad, mientras que las familias más pobres, que son mayoría, viven en barrios de chabolas donde se hacinan en minúsculos alojamientos insalubres.

EL UNIVERSO BOLLYWOODIENSE

Bollywood (acrónimo formado por «Bombay» y «Hollywood») es el nombre que se da a la industria prolífica del cine indio producido en Mumbai y dirigido en hindi (la lengua más hablada en India). Este cine popular convierte a este país en el primer consumidor y productor de películas a nivel mundial, con sus 15 millones de espectadores al día y no menos de 1200 películas producidas al año, sumando todos los géneros. Pero el término «Bollywood» tiene una mala reputación en India, porque recuerda demasiado a Hollywood, cuando el cine indio quiere alejarse de ello, produciendo películas que no se inscriben en el mismo estilo que el de los éxitos de taquilla estadounidenses. No obstante, el género se ha inspirado enormemente de las películas hollywoodienses, a la vez que conserva sus propios códigos y su identidad propia. Se caracteriza por un formato parecido a la comedia musical, con muchas escenas cantadas y/o bailadas.

En la actualidad, el cine bollywoodiense se exporta a casi todos los países del mundo, haciendo hincapié en un estilo bastante exótico que ejerce una cierta fascinación en el público occidental. Es la representación de una India que cambia, con un arraigo en los valores y tradiciones culturales seculares por un lado y, por otro, la aceleración vertiginosa de la modernización. El cine ha encontrado un cierto equilibrio entre ambos al presentar las expectativas de los indios acerca del mundo moderno que, a la vez, se erige como una válvula de escape para las frustraciones que experimentan. Así pues, el cine reviste una función social importante, lo que explica su inmenso éxito en el país.

Los temas que se tratan mayoritariamente son el peso de las convenciones y los amores imposibles entre distintas castas. El decorado *kitsch* y con muchos colores, los bailes endiablados, las músicas animadas y los personajes caricaturales están hechos para mantener la ilusión y arraigar la historia en lo irreal. En la mayoría de las películas, los personajes se liberan de la presión social y superan la noción de casta, algo que se autoriza porque estamos en el mundo de la ficción.

La novela de Swarup remite a ese universo, sobre todo a través del sueño que alimenta Salim de convertirse en una estrella del cine bollywoodiense, pero también a través de los temas similares en los que hace hincapié.

SLUMDOG MILLIONAIRE: DEL LIBRO A LA PELÍCULA

En cuanto Tessa Ross, la directora del departamento de películas para cine y televisión de la cadena británica Channel 4, lee el manuscrito de la novela de Vikas Swarup, e incluso antes de que el libro sea publicado, se reserva los derechos de adaptación. Y es que en seguida detecta el interés de la novela, que revela una realidad casi desconocida en Occidente: las desigualdades cada vez más flagrantes en India entre los pobres, que viven en los barrios de chabolas, y la aparición de una multitud de nuevos ricos.

Sin embargo, no es fácil adaptar un libro para hacer una versión cinematográfica, sobre todo porque la novela no sigue la vida de su protagonista de una manera lineal. De hecho, se trata de una construcción inconexa conformada por doce capítulos que están relacionados con un episodio concreto de la vida de Rama. Algunos de estos episodios pueden compararse con pequeños relatos que no guardan ningún vínculo con los personajes principales. Al final de cada capítulo, volvemos al programa de televisión, cuando el episodio de la vida de Rama que se acaba de narrar le permite responder a una pregunta.

Es el cineasta británico Danny Boyle (nacido en 1956) quien dirige la película y la convierte en una comedia que roza el cuento de hadas, en la que pasamos de la risa al llanto. El regreso al programa de televisión al final de cada episodio permite una mezcla de géneros y otorga a la película un cierto ritmo. Además, al contrario que un director indio, que quizás no habría prestado atención a algunos detalles, el realizador inglés, ajeno a la cultura india, logra aportar una mirada nueva y exterior, y una energía completamente distinta a la película.

El guion se permite algunas licencias con respecto al texto original, sobre todo con respecto a los protagonistas. Rama y Salim ya no son amigos, sino hermanos; y este es un personaje negativo, que abandona a Rama. El personaje de Nita, la prometida de Rama, aparece mucho antes en la película, y el de Gudiya/Smita simplemente desaparece. En el relato de Swarup,

Rama participa en el concurso televisado con el objetivo de vengar a Nita y de hacer el bien a su alrededor, pero en la versión cinematográfica es la motivación económica lo que mueve al joven. Sin embargo, los dos relatos coinciden en el mensaje que difundir: dar a conocer la India de los barrios de chabolas y sus contrastes.

Slumdog Millionaire, que se estrena en el mes de octubre de 2008, alcanza un éxito rotundo en todo el mundo. Gana muchos premios, entre ellos, siete Bafta (premio que concede la Academia Británica de las Artes Cinematográficas y de la Televisión, que concede galardones en el mundo de la televisión, del cine y de los videojuegos), cuatro Globos de Oro (recompensas del cine y de la televisión estadounidenses) y no menos de ocho óscares (distinciones cinematográficas estadounidenses) en 2009. Todo ello demuestra la fascinación que India provoca en el mundo entero.

PISTAS PARA LA REFLEXIÓN

ALGUNAS PREGUNTAS PARA PROFUNDIZAR EN SU REFLEXIÓN...

- Vikas Swarup ha optado en su novela por una presentación no lineal de los acontecimientos. ¿Qué efectos produce esta decisión?
- ¿Por qué razón Rama recibe nombres de confesiones religiosas diferentes?
- Rama se deshace de su rupia de la suerte al final de la novela. En su opinión, ¿qué significa este gesto?
- ¿Por qué Prem Kumar intenta inducir a Rama a error durante el concurso televisado?
- Rama tiene a Prem Kumar a punta de pistola, pero algo le impide apretar el gatillo. ¿De qué se trata?
- Dado que Prem Kumar ha dado una pista a Rama para orientarlo en la última pregunta, ¿cree que el protagonista merece ganar esos mil millones? Justifique su respuesta.

- ¿Qué mensaje intenta transmitir Vikas Swarup al contar la historia de este joven que acumula las desgracias y que ve cómo su vida se trastoca de un día para otro?
- ¿Por qué a la India moderna le cuesta abolir las castas? Justifique su respuesta.
- Si Rama perteneciera a una casta, ¿cuál cree que sería? Justifique su respuesta.
- El cine popular bollywoodiense ejerce una cierta fascinación tanto sobre el público indio como sobre el occidental. ¿Cuáles son las razones de su éxito? ¿Son idénticas para los indios y para los occidentales? Justifique su respuesta.
- ¿Por qué ha provocado tanto entusiasmo la adaptación cinematográfica de esta novela? Justifique su respuesta.

PARA IR MÁS ALLÁ

EDICIÓN DE REFERENCIA

- Swarup, Vikas. 2006. *¿Quién quiere ser millonario?* Traducido por Damián Alou. Barcelona: Anagrama.

PELÍCULA

- *Slumdog Millionarie*. Dirigida por Danny Boyle, con Dev Patel, Freida Pinto y Anil Kapoor. Reino Unido y Estados Unidos: Fox Searchlight, Celador Films, Film4 y Pathé Pictures International, 2008.

www.resumenexpress.com

ISBN ebook: 9782806291264

ISBN papel: 9782806291271

Depósito legal: D/2016/12603/869

Cubierta: © Primento

Libro realizado por Primento, el socio digital de los editores

Made in the USA
Monee, IL
07 July 2026

56545317R00036